L'AUTOBUS INFERNAL

Gail Anderson-Dargatz

traduit de l'anglais par
Rachel Martinez

orca *currents*

LES ÉDITIONS ORCA

Publié au Canada et aux États-Unis par Les éditions Orca en 2023.
Publié initialement en anglais en 2020 par Les éditions Orca sous le titre *The Ride Home*
et réédité en format ultralisible en 2020 (ISBN 9781459837072, broché).
orcabook.com

Catalogage avant publication de Bibliothèque et Archives Canada
Titre: L'autobus infernal / Gail Anderson-Dargatz; traduit de l'anglais par Rachel Martinez.
Autres titres: Ride home. Français
Noms: Anderson-Dargatz, Gail, 1963- auteur.
Collections: Orca currents.
Description: Mention de collection: Orca currents | Traduction de : The ride home.
Identifiants: Canadiana (livre imprimé) 20220204624 |
Canadiana (livre numérique) 20220204659 | ISBN 9781459835757 (couverture souple) | ISBN 9781459835764 (PDF) |
ISBN 9781459835771 (EPUB)
Classification: LCC PS8551.N3574 R5314 2023 | CDD jC843/.54—dc23

Numéro de contrôle de la Bibliothèque du Congrès : 2022935944

Résumé : Dans ce roman destiné aux jeunes adolescents, Marc, treize ans, doit s'habituer aux
longs trajets en autobus scolaire après avoir déménagé chez sa grand-mère à la campagne.

Les éditions Orca s'engagent à réduire leur consommation de ressources
non renouvelables utilisées dans la production de leurs livres. Nous nous
efforçons d'utiliser des matériaux qui soutiennent un avenir viable.

Les éditions Orca remercient les organismes suivants pour le soutien accordé à leurs
programmes de publication : le gouvernement du Canada, le Conseil des arts du Canada
et la province de la Colombie-Britannique par l'entremise du Conseil des arts
de la Colombie-Britannique et du Crédit d'impôt pour l'édition de livres.

Nous reconnaissons l'aide financière du gouvernement du Canada par l'entremise
du Programme national de traduction pour l'édition du livre, une initiative de
la *Feuille de route pour les langues officielles du Canada 2013-2018 : éducation,
immigration, communautés,* pour nos activités de traduction.

Photo de la couverture avant de Joseph Devenney/Getty Images
Photo de l'autrice de Mitch Krupp
Traduction française de Rachel Martinez

Imprimé et relié au Canada.

26 25 24 23 • 1 2 3 4

Pour tous les enfants de la campagne

qui doivent faire de longs trajets

en autobus scolaire.

Chapitre un

Je monte dans le bus scolaire et je reste à côté du siège de la conductrice en cherchant des yeux un endroit pour m'asseoir tout seul. L'autobus pue les oranges pourries, les chaussures de course imbibées de sueur et le fromage. On est à la mi-novembre et, cet après-midi, c'est la première fois que je prends le bus. En fait, c'est la première fois *de ma vie* que je monte dans un autobus scolaire. À Montréal, je me déplaçais en transport en commun. Et ce matin, grand-maman est venue me reconduire pour ma première journée dans ma nouvelle école.

— Avance, dit la conductrice, sans se donner la peine de détacher les yeux du roman d'amour qu'elle est en train de lire.

Elle est dans la soixantaine, à peu près aussi âgée que grand-maman. Et elle porte un chapeau. Pas un couvre-chef ordinaire : un modèle pour vieux monsieur, en feutre mou. Je parie qu'elle est comme mon enseignante de sixième année qui en portait un différent chaque jour. Un chapeau de cow-boy un jour, une couronne le lendemain. Elle se trouvait drôle, ma prof, et elle avait du pep, de l'énergie. Par contre, que cette femme semble épuisée, comme si elle conduisait le bus scolaire depuis longtemps. Trop longtemps. Elle fait un signe de tête dans ma direction.

— Assois-toi.

Je veux bien, mais où ? La plupart des sièges sont déjà occupés par au moins un passager. De très petits enfants, probablement de la maternelle, sont assis dans les premières rangées à l'avant. Ceux qui semblent être dans les premiers cycles du primaire sont juste derrière eux. Les dix ou onze ans occupent le milieu du bus, tandis que les plus vieux, les plus cool, sont à l'arrière.

Je devine donc que tout le monde s'assoit par groupe d'âge, sauf cette fille qui est de toute évidence la bizarroïde du bus. Elle a à peu près treize ans, comme moi, mais elle est assise dans la troisième rangée en avant, avec les petits. Ses cheveux sont ramassés sur le dessus de la tête. Elle porte des lunettes, de gros écouteurs et lit un livre. Je peux voir le titre : c'est un manuel sur le fonctionnement du cerveau. Elle est intelligente, alors.

Il est évident que tout le monde se connaît. Ils doivent être amis. J'arrive dans cette école à la fin de l'automne. Même si je le voulais, ce qui n'est pas le cas, je doute de me faire des amis maintenant. Je m'en fiche. De toute façon, je ne resterai pas longtemps.

J'avance dans l'allée. Une rousse chuchote à l'oreille d'une autre fille. Elles rient de moi comme si j'avais la braguette ouverte ou quelque chose du genre. Je vérifie, mais ce n'est pas le cas. Je me sens rougir. Un gars crie :

— Hé ! de la viande fraîche !

— C'est quoi, tes cheveux de sirène ? demande la rousse.

Oh ! Elles riaient donc de ma chevelure ! Il y a quelques jeunes aux cheveux teints dans le bus, mais rien de comparable à mes mèches bleu et vert fluo. Je les ai fait faire juste avant que… eh bien, avant.

Je les ignore en fixant la seule place libre que j'ai repérée, complètement au fond. Je ne veux rien avoir à faire avec ces tarés de la campagne.

J'habite chez ma grand-mère seulement jusqu'à ce que maman se remette sur pied. Je retournerai en ville dès que j'en aurai l'occasion.

Je me glisse sur le siège à côté de la sortie de secours. Je me dis qu'ici, au moins, on va me laisser tranquille. Mais alors, un gars portant un chandail noir à capuche rabattue sur son visage se retourne pour me regarder. Il porte du rouge à lèvres noir, et les quelques mèches de cheveux que je peux voir sont elles aussi teintes en noir. Il a le visage pâle, comme s'il ne voyait jamais le soleil, et des cernes sous les yeux, comme s'il ne dormait jamais. Ce type est le portrait tout craché de la Faucheuse qui personnifie la mort avec sa faux. Emo de la tête aux pieds.

— Hé ! Sirène ! Je ne m'installerais pas là si j'étais toi, dit-il. C'est le siège de Jérémie et Sophie.

Impossible que deux personnes s'assoient ici : mon siège et celui de l'autre côté de la sortie de secours sont pour un passager seulement. De toute façon, en ville, personne ne « possède » sa place dans le bus. Je regarde par la fenêtre en espérant qu'il me laissera tranquille.

— En tout cas, je t'aurai prévenu, dit Emo.

Mon reflet me fixe : des cheveux colorés et hérissés bien droits, et des yeux bleu océan (c'est ce que me dit toujours mamie). J'ai la nouvelle doudoune qu'elle m'oblige à porter. Chaude, mais pas mon style. J'ai l'air fatigué, presque autant qu'Emo. Non, j'ai plutôt l'air triste.

Je me mets à observer le terrain de stationnement de l'école. Il neige depuis avant le dîner, pour la première fois de la saison. Le sol est tout blanc. Les nuages sont bas au-dessus des collines environnantes. Les hivers sont déprimants ici. Je l'ai constaté plusieurs fois quand je venais visiter ma grand-mère à Noël. C'est vrai que l'hiver est parfois rude aussi chez moi, à Montréal, mais, au moins, il ne neige pas autant. Cette première chute de neige a rendu les routes lisses et glissantes.

Quelques parents venus chercher leurs enfants en auto ont du mal à monter la pente jusqu'à l'école.

— C'est ma place.

Je lève les yeux vers un gars musclé portant un « smoking canadien » – une veste en jean et un jean – qui me regarde de haut. Il semble trop vieux pour être au secondaire. Jérémie, je suppose. Derrière lui, une blonde aux pointes de cheveux vertes s'agrippe à son biceps. Ce doit être Sophie.

— *Notre* place, précise la fille.

Je lève la main pour protester.

— Mais c'est pour une personne seulement.

— Exactement, dit la fille.

Ils forment donc un couple.

— Assoyez-vous là, dis-je en désignant le siège de l'autre côté de la sortie d'urgence.

Emo et plusieurs des élèves de deuxième secondaire sur les sièges voisins nous regardent comme s'ils étaient au théâtre.

— Je pense que tu ne comprends pas, m'avertit Jérémie. Tu es assis à *ma* place.

— *Notre* place, le corrige Sophie.

Je demande :

— Pour vrai ?

— Lève-toi tout de suite !

— Il y a un problème en arrière, Jérémie ? lance la conductrice au micro.

— Pas du tout, répond Jérémie. Le petit nouveau est en train de se lever pour me redonner ma place.

— *Notre* place, répète Sophie comme s'il y avait un écho.

— Dépêchez-vous, réplique la voix forte de la conductrice dans le haut-parleur. On doit partir. Les routes sont glissantes. Les conditions sont difficiles aujourd'hui.

J'abandonne.

— C'est correct. Tu peux t'installer ici, je m'en fiche.

Je lance mon sac à dos sur l'autre siège et je

regarde Jérémie s'asseoir à « sa » place. Sophie s'installe pratiquement sur lui, ses jambes allongées sur ses genoux. Elle glousse sans arrêt, puis ils se mettent à s'embrasser. *Seigneur !* Je lève les yeux pour éviter de les voir et je remarque qu'il y a un gros tas de pouding collé au plafond. Durci, fossilisé, mais c'est bel et bien du *pouding*.

Mon téléphone vibre. Un message de ma grand-mère.

Comment ça se passe, Marc ? Tu es bien monté dans le bus ?

Ouais. Sur le point de partir.

Tu t'es fait des amis ?

Non.

Et j'ai envie d'ajouter : « Je ne m'en donnerai pas la peine. » Quel est l'intérêt d'essayer de se faire des amis ? Je reste ici quelques semaines au maximum. Pourquoi je voudrais me lier d'amitié avec eux, de toute façon ? Tous des habitants de la campagne.

Mamie m'envoie un autre message.

J'ai parlé à ta mère aujourd'hui.

Il y a une longue pause. Je ne réponds pas à son texto.

Finalement, le téléphone vibre de nouveau.

Elle va bien. Mais ça va être long cette fois-ci.

Ça va être long. Une phrase que mamie utilise souvent. Elle veut dire que les choses ne vont pas s'améliorer de sitôt. L'état de maman ne va pas s'améliorer de sitôt. Je refuse de le croire, parce que ça voudrait dire qu'elle va rester coincée dans cet hôpital sinistre pendant que, moi, je serai coincé ici. Dans la ferme de mamie au milieu de nulle part. Dans cette école minable du fin fond de la campagne. Dans ce bus puant.

Beurk. Jérémie et Sophie font des bruits de succion sur le siège d'à côté. Je penche la tête vers l'arrière et je regarde fixement le tas de pouding pétrifié collé au plafond. La route sera longue.

Chapitre deux

L'autobus avance vers la sortie du village comme s'il avait le hoquet. En ville, ce n'est pas vraiment calme dans les transports publics, mais au moins les gens se mêlent de leurs affaires. Dans cet autobus scolaire, les jeunes sont fous raide. La moitié d'entre eux se crient après, alors l'autre moitié des passagers doivent parler à tue-tête juste pour se faire entendre quand ils s'adressent à leurs amis.

Un garçon aux cheveux orange lance des morceaux de fromage. Eh oui ! du *fromage !* Les seuls qui se tiennent tranquilles sont les petits de la maternelle, à l'avant complètement. Oh ! la fille bizarre dans la troisième rangée aussi ! Elle porte un énorme casque d'écoute, de type antibruit. J'aimerais bien en avoir un.

Maintenant, Jérémie et Sophie sont *vraiment* en train de s'embrasser. Avec la langue, je veux dire. *Dégueu.*

Jérémie me surprend en train de l'observer avec dégoût et incrédulité. Il s'arrête et me regarde, l'œil mauvais.

— Je te dérange ? Un peu d'intimité, s'il te plaît !

De l'intimité ? Dans un autobus jaune ?

Puis il se remet à embrasser sa blonde. J'en ai assez. J'attrape mon sac à dos et je me lève, en me retenant d'une main au dossier d'un siège pendant que j'essaie de trouver avec qui m'asseoir. Un type maigre avec une frange bleue secoue la tête. J'ai compris, je ne vais pas à côté de lui. Une fille en pantalon de yoga glisse sur son siège vers l'allée. Elle non plus, alors. J'avance d'un pas, mais le bus fait un virage serré et je tombe tête première sur Emo. Je me retrouve collé sur la Faucheuse.

Puis la conductrice freine brusquement, me projetant dans l'allée, et se gare sur l'accotement. Elle se lève et avance vers moi d'un pas lourd pendant que je me redresse. Maintenant qu'elle est debout, je constate à quel point elle est petite. Même si les élèves de quatrième année sont plus grands qu'elle, l'expression sur son visage est tout simplement effrayante.

— Oh ! oh ! dit Emo.

— Hé ! crie la conductrice. Toi, le nouveau !

— Je m'appelle Marc.

— Ne sois pas impoli !

— Je vous disais juste mon nom.

Elle lève la tête pour me parler.

— Si tu répliques, tu auras un avertissement.

— Un quoi ?

Emo me donne un coup de coude et il m'explique :

— Évite ça. Un avertissement, c'est un message que tu dois rapporter à tes parents pour les prévenir que tu causes des problèmes. Au troisième, tu es expulsé du bus. J'en ai déjà reçu deux.

Je proteste :

— Mais je n'ai rien fait !

La conductrice brandit son index vers moi.

— Tu as changé de siège pendant que l'autobus roulait.

— Je fais ça tout le temps dans le bus.

— Un bus scolaire ?

— Non. Un autobus de la ville.

Elle repousse son chapeau vers l'arrière de la tête.

— As-tu lu le *Code de conduite des usagers du transport scolaire* ?

— Le quoi ?

— Le règlement que l'école a distribué à tous les élèves.

Je jette un coup d'œil à Jérémie et Sophie. La curiosité les a poussés à arrêter de s'embrasser pour le moment. Je soupçonne qu'eux non plus n'ont pas reçu leur exemplaire du *Code de conduite des usagers du transport scolaire*. Je réponds :

— Personne ne m'a remis quoi que ce soit. C'est ma première journée à l'école ici. Je vivais à Montréal jusqu'à vendredi.

— Qu'est-ce qui s'est passé ? dit le garçon au fromage à plusieurs rangées de moi. Tu t'es fait renvoyer ou quelque chose du genre ?

Je lui fais une grimace.

— Pas de tes affaires.

Mais le P'tit Cheddar ne lâche pas prise.

— Pour vrai, qu'est-ce que tu as fait ? Tu as frappé un professeur ? Je parie que c'est ça.

La conductrice lève un doigt vers mon visage.

— Dans mon bus, tu ne peux pas te promener pendant qu'on se déplace. Compris ?

— Mais ils s'embrassaient en arrière, dis-je en faisant un signe de la main vers Jérémie et Sophie. Je ne voulais pas endurer *ça* durant tout le trajet !

— C'est vrai, Jérémie ? demande la conductrice. Ne me mens pas. Je peux le savoir en regardant les vidéos.

Elle montre du doigt la caméra de surveillance fixée au plafond, au-dessus de la sortie de secours. Jérémie hoche la tête en marmonnant. Puis il repousse les jambes de Sophie, qui tombe par terre. La fille, penaude, se redresse et s'assoit sur le siège de l'autre côté de l'allée.

— Ce n'est pas l'endroit pour ce genre de chose, dit la conductrice. Je vous sépare, tous les deux. Jérémie, va à l'avant.

— Avec les petits de maternelle ? Pas question.

— Tu veux un autre avertissement ? demande la conductrice. Si tu en reçois un troisième, tu ne pourras plus jamais monter dans mon autobus.

— Ma mère va me tuer, dit Jérémie.

— Ça, c'est sûr. En avant ! ordonne la conductrice en mimant les gestes d'une hôtesse de l'air.

Il se lève. En passant devant moi, Jérémie me frappe le bras.

— Tu vas me le payer, dit-il.

Une fois de retour à sa place, la conductrice m'interpelle :

— Eh ! toi !

Sa voix porte jusqu'à l'arrière de l'autobus. Personne ne parle, et tout le monde nous regarde. Je réplique en criant :

— Je m'appelle Marc !

La conductrice a un drôle de rire.

— Si je connais le nom d'un jeune, c'est parce qu'il me cause toujours des problèmes. J'ai l'impression que je vais me souvenir de ton nom à toi. Donc, Marc, si tu dois changer de place, fais-le quand on s'arrête pour laisser descendre quelqu'un, et seulement avec ma permission. Compris ?

Je regarde la copine de Jérémie et le siège vide à côté d'elle. Elle me fixe. Je ne retourne pas m'asseoir là-bas. Je demande à la conductrice :

— Est-ce que je peux changer de siège ?

— Fais ça vite !

Je m'assois à côté d'Emo. Même habillé en mort ambulant, il semble plus accueillant que les autres. Lui, au moins, il a essayé de me prévenir de ne pas prendre la place de Jérémie. Il soulève sa lèvre noire. Je ne sais pas si c'est un sourire ou un signe de dédain, parce que je ne peux pas voir ses yeux cachés par son capuchon.

— Hé! dis-je dans une tentative à moitié sincère pour être sympathique.

La conductrice saisit son micro pour finir sa leçon.

— Je ne veux plus avoir de problèmes avec vous. Les routes sont déjà assez mauvaises aujourd'hui avec la neige. J'ai besoin de toute ma concentration. Vous ne voulez pas causer d'accident, n'est-ce pas ?

Personne ne répond. Elle parle plus fort.

— N'est-ce pas ?

Les jeunes marmonnent. Je suppose qu'ils sont d'accord. La plupart d'entre eux ont maintenant les yeux rivés sur leur téléphone. Quand la conductrice se rassoit, les hurlements et les cris recommencent. Quelqu'un me lance à la tête une gomme à effacer qui rebondit dans l'allée. Je regarde vers l'arrière, fâché.

— Hé !

La petite amie de Jérémie, Sophie, me fait un sourire mauvais. Je me frotte la nuque et je me retourne vers l'avant. Mais Jérémie, assis deux rangées devant la fille bizarre, me regarde méchamment. Il est assis à côté d'une fillette déguisée en princesse. Pendant qu'il me fixe, la petite enlève sa couronne et elle la pose sur la tête de Jérémie. Il la garde, mais il me fait un doigt d'honneur. Super. Tout ce que je voulais, c'était m'asseoir tranquille, tout seul. Je savais que je ne me ferais pas d'amis ici. Mais je ne pensais pas que je me ferais des ennemis en dix minutes à peine.

Chapitre trois

Je donne un coup de coude à Emo et je lui demande :

— Combien de temps dure le trajet ?

Il se tourne lentement vers moi, et je vois enfin son regard. Derrière son fond de teint blanc et son khôl noir, je constate qu'il a les yeux jaune-vert et tristes comme ceux d'un chiot, comme ceux du labrador de mamie. Je me demande à quoi il ressemble sans maquillage et sans capuchon.

À quelqu'un de complètement différent, je parie. Je lui repose ma question :

— Le trajet en bus ? Combien de temps il dure ?

Emo pousse un long soupir, comme si je l'avais interrompu au milieu d'une tâche très difficile. Comme réfléchir.

— Ça dépend où tu descends, mais environ une heure et demie, dit-il enfin. Si Gabrielle est dans le bus.

— Gabrielle ?

— La fille qui s'assoit toujours à l'avant avec les petits. Elle est, genre, un peu bizarre, tu sais.

Donc, j'avais raison. C'est elle, la bizarre du groupe. Si même *lui* la trouve bizarre, elle doit vraiment être étrange.

— Elle habite au bout du chemin du Lac perdu, explique Emo. Si elle n'est pas dans le bus, alors on n'a pas à se rendre aussi loin et le trajet dure seulement une heure.

Seulement une heure. À Montréal, j'étais de retour à la maison en moins de dix minutes.

— Tu veux dire que je dois passer plus de deux heures par jour dans ce bus bruyant et puant ?

— Ou plus longtemps, dit Emo.

— Plus longtemps ?

— Si Ida doit s'occuper de certaines choses.

— Ida ?

— La conductrice.

— Qu'est-ce que tu veux dire par « si Ida doit s'occuper de certaines choses » ?

— Tu verras.

Emo regarde le P'tit Cheddar, qui s'est remis à lancer des morceaux de fromage. Tout le monde a besoin de tuer le temps d'une façon ou d'une autre, je suppose.

— Alors, qu'est-ce que tu as fait ? me demande Emo.

Je penche la tête vers lui.

— Quoi ?

Je n'ai aucune idée de ce dont il parle.

— Pour être expulsé de ton école.

— Qui a dit que j'ai été renvoyé ?

— Tu es parti de Montréal pour déménager ici, au milieu de nulle part, en novembre. Pourquoi tu ferais ça à moins d'avoir été viré de ton école ?

— Je ne sais pas. Peut-être que ma mère a trouvé du travail dans la région. Peut-être que je suis venu pour la vue. Peut-être qu'un ovni m'a déposé ici.

— C'est ce qui t'a amené ici ?

Je le regarde. Il a l'air sérieux. Est-ce qu'il a pris de la drogue ? Je lui demande :

— Tu penses vraiment que les extraterrestres m'ont débarqué ici ?

— Non, je veux dire que ta mère a trouvé un emploi.

— Non.

— Alors pourquoi tu as déménagé dans le coin ?

Par la fenêtre derrière lui, je regarde les épais flocons de neige qui tombent encore plus vite. Je ne veux pas que ces ploucs connaissent mon histoire. Je ne veux pas leur parler, point.

— Les choses ont mal tourné.

— Je comprends, dit Emo en hochant la tête. Mon frère a été renvoyé.

Je mets mes écouteurs et je tripote mon téléphone pour choisir des chansons, en me disant qu'il va se taire. Je me suis assis avec Emo parce que je pensais qu'il était du genre boudeur. Tranquille. Et puis, il semblait le seul à vouloir s'asseoir avec moi. Mais il continue à parler.

— Il a mis le feu au sapin de Noël de l'école l'année dernière.

Je retire un écouteur, croyant avoir mal entendu.

— Pour vrai ? Ton frère a fait flamber l'arbre de Noël ?

Qui fait ça ? Grincheux, peut-être.

Emo s'anime soudainement et hoche la tête.

— C'était cool.

— Ah bon, dis-je doucement.

— J'aimerais ça, me faire renvoyer.

Je lève les sourcils et je secoue lentement la tête, mais il ne le remarque pas. Il est perdu dans son souvenir heureux de l'arbre de Noël en flammes. Wow !

— Tu aimes ça, le feu ? me demande-t-il.

— Qu'est-ce que tu veux dire ?

Ce type commence à m'inquiéter sérieusement.

— Les feux, les explosions. Tu sais : regarder des choses brûler et exploser.

— J'écoutais l'émission *Les Stupéfiants* quand j'étais plus petit. Donc, oui, je suppose.

Emo sort un briquet, puis l'allume et l'éteint à répétition.

— J'aime regarder les choses brûler.

Je jette un regard nerveux à la conductrice.

Je peux voir son visage fatigué dans le grand rétroviseur.

— Es-tu vraiment autorisé à avoir un briquet dans le bus ?

— Tu veux rire ? On ne peut rien apporter de cool dans le bus. Pas de briquet, pas de couteau, pas de pétard. Rien qui puisse exploser.

Je me décale un peu vers l'allée, à gauche. Est-ce qu'il transporte autre chose ? Je lui pose une question en essayant de mesurer son degré de folie :

— Tu fumes ? C'est pour ça que tu as un briquet ?

— Jamais de la vie. Fumer, c'est mauvais pour la santé.

Contrairement aux couteaux ou aux explosifs, j'imagine...

Emo allume le briquet encore et encore.

— C'est juste que j'aime regarder les flammes, voir brûler des objets.

— Ouais, tu l'as dit.

Je glisse le plus près possible vers le bord du siège, sans tomber. Je frappe accidentellement le bras du gars de l'autre côté de l'allée, et il se tasse en grognant comme un homme des cavernes. Il a une épaisse crinière échevelée et déjà du poil au menton. Son copain assis à côté de lui pourrait être son frère, son jumeau même. Ils semblent tous les deux être du genre à faire des trous dans le mur quand ils se fâchent. Je me rapproche d'Emo et je regarde les sièges, en espérant repérer un autre endroit où m'asseoir. Un endroit moins risqué pour ma vie. Je demande :

— C'est quand, le prochain arrêt ?

Mais Emo est concentré sur son briquet. Il l'allume et l'éteint sans se lasser, et il me dit :

— Ces sièges en vinyle ne sont pas vraiment inflammables. On pourrait s'attendre à ce qu'ils ne fabriquent pas des sièges d'autobus scolaire avec des trucs qui brûlent, hein ?

Je réponds, la voix chevrotante :

— Ouais, ce serait logique.

— Mais regarde bien ça. Tout ce que j'ai à faire, c'est tenir la flamme près de l'arrière du siège, comme ceci...

— Tu trouves que c'est une bonne idée ?

— Et ça brûle, juste comme ça.

Le vinyle ne brûle pas vraiment. Il se forme un trou et le rembourrage fond, mais il cesse rapidement de « brûler ». Ma voix aiguë trahit ma nervosité.

— Tu penses que c'est une bonne idée ? Je veux dire, tu risques d'allumer un feu dans un bus plein d'enfants. On pourrait tous *mourir*, tu sais.

Il souffle sur la fumée qui sort du trou.

— Nan. Le vinyle est ignifuge. Il fond, mais il ne s'enflamme pas. Tu veux essayer ? me demande Emo en me tendant son briquet.

— Mon Dieu, non !

— Le feu, c'est trop cool.

Il rallume son briquet, il approche la flamme du vinyle et il observe un autre trou qui se forme. Le dossier du siège devant nous en est plein. Ça doit être la place préférée d'Emo. Je lui dis :

— Je pense que tu devrais arrêter. Mettre le feu au bus, c'est… tu sais, un peu dangereux.

Très dangereux.

— Nan, on le fait tout le temps, dit Emo. Hein, les gars ?

Il se penche en avant pour regarder les hommes des cavernes de l'autre côté de l'allée. Ils bougent leurs têtes à l'unisson et, avec Emo, ils sortent leurs briquets et les allument. Je commence à paniquer et je fixe le pare-brise, les yeux écarquillés, en espérant que nous allons bientôt nous arrêter. Mais nous sommes toujours sur l'autoroute, à des kilomètres de la route de gravier sur laquelle habitent la plupart des passagers.

Chacun des deux hommes des cavernes fait un trou avec son briquet dans le siège devant lui, sous le regard approbateur d'Emo.

— Cool ! dit-il.

L'autobus empeste l'odeur de vinyle fondu.

Chapitre quatre

Je fixe le visage de la conductrice dans le rétroviseur. J'essaie de faire de la télépathie pour qu'elle sente la fumée sans que j'aie besoin de dire quoi que ce soit. Elle va devoir arrêter le bus à ce moment-là, et je pourrai m'éloigner de ces clowns. Mais Emo et un des hommes des cavernes ouvrent les fenêtres de chaque côté du bus, et le courant d'air froid souffle la fumée à l'extérieur.

Emo allume son briquet et il le tient devant mon visage en me parlant d'un air moqueur :

— C'est quoi, le problème, Marc ? Tu me sembles nerveux.

Les hommes des cavernes grognent et tendent eux aussi leurs briquets allumés dans ma direction. Les jeunes autour de nous ne semblent rien remarquer. Ils continuent à gueuler, à hurler ou à jouer sur leurs cellulaires.

Puis Emo se penche encore plus près de moi.

— Je parie ma fortune que tes belles mèches vertes doivent bien brûler.

Mon cœur bat vite. Je ne veux pas mourir ici, dans ce bus infernal. J'agite la main en direction de la conductrice et je lui crie :

— Excusez-moi ! Je pense qu'on a un petite problème ici.

— Qu'est-ce qu'il y a maintenant, Marc ? dit-elle dans son micro.

— Euh… Il y en a ici qui essaient de mettre le feu à l'autobus…

— Qu'est-ce que tu fais ? siffle Emo.

J'ajoute :

— Et à mes cheveux aussi.

— Quoi ? s'étonne la conductrice en se garant sur l'accotement.

Emo me donne un grand coup de coude dans les côtes.

— Espèce de traître !

Je lui murmure :

— Tu menaçais de faire brûler mes cheveux !

— C'était une blague, réplique Emo. Je ne suis pas comme mon frère. Tout le monde le sait.

Les jeunes les plus proches de nous hochent la tête comme si j'étais un idiot d'ignorer ce fait.

Les deux hommes des cavernes cachent rapidement leurs briquets pendant que la conductrice se dirige vers eux. Ida s'arrête devant Emo et elle tend la main.

— Donne-moi ton briquet.

Il sourit d'un air innocent, mais c'est difficile à croire avec sa tenue funèbre, son rouge à lèvres noir et son khôl.

— Quel briquet ? demande-t-il.

— Celui qui est dans ta poche.

Ida dévisage Emo jusqu'à ce qu'il finisse par le lui remettre d'un geste brusque.

— C'est un avertissement pour toi, Éric. Ton troisième, si je me souviens bien. Et ton dernier tour d'autobus.

— N'exagérez pas, dit Emo. Comment je vais me rendre à l'école si je ne peux pas prendre le bus ?

Je penche la tête vers lui.

— Mais tu as dit que tu voulais être expulsé de l'école.

— Pas pour vrai, dit-il. J'ai des projets. Je veux avoir un diplôme d'ingénieur et je ne peux pas entrer au cégep et à l'université si je ne finis pas le secondaire.

Moi, je pense qu'il ne pourra entrer nulle part s'il continue à brûler des trucs.

— Allez, viens t'asseoir en avant, lui ordonne sèchement Ida.

Enfin, un siège pour moi tout seul.

Je me lève pour laisser sortir Emo qui se déplie à sa taille maximale. Il est grand, plus que moi, même. La conductrice le suit pendant qu'il se traîne dans l'allée, le visage toujours caché par son capuchon. Plusieurs petits de la maternelle écarquillent les yeux d'horreur en le voyant s'approcher. Ils pensent peut-être qu'il est la Faucheuse pour vrai.

Emo s'assoit dans la première rangée. Jérémie et la petite fille déguisée en princesse sont dans le siège voisin, de l'autre côté de l'allée. Il se tourne vers moi et il mime le geste d'allumer son briquet. Ses deux copains, toujours près de moi, sortent leurs briquets pour vrai et ils les allument en les pointant dans ma direction. Mais ils s'assurent de se cacher derrière le siège pour que la conductrice ne puisse pas les voir.

— Je parie que ton sac à dos est inflammable, dit le premier homme des cavernes.

Je fais signe à la conductrice et je lui crie :

— Ida, ça va si je change de place encore ?

— Fais ça vite ! Il faut qu'on reprenne la route. Les conditions empirent.

J'avance de plusieurs rangées vers le milieu du bus. Là, je pousse le P'tit Cheddar pour qu'il me laisse de la place. Étrangement, il semble maintenant être le plus sain d'esprit du groupe. Il me tend un morceau de fromage en grains et il me demande :

— Tu en veux ?

La princesse met un collier autour du cou de Jérémie, qui porte toujours le diadème. Il secoue la tête lentement en me regardant, les yeux plissés. Pour sa part, la Faucheuse a juste l'air, eh bien, sinistre. Je sens que je vais le payer cher.

Tandis que la conductrice s'engage sur la route enneigée, le P'tit Cheddar lance du fromage à un groupe de filles. Il en a apparemment une réserve inépuisable. Ses victimes répliquent aussitôt et elles se mettent à faire gicler du yogourt dans sa direction. Un motton atterrit sur ma joue.

— Hé !

— Désolée, dit une des filles. Je visais Kraft.

Le P'tit Cheddar s'appelle Kraft pour vrai ? Comme le macaroni au fromage en boîte ? Ça doit être un surnom, c'est trop parfait. Ses cheveux sont orange et son t-shirt est de la même couleur que le fromage en poudre dans les boîtes de Kraft Dinner. Le fromage, c'est son truc, de toute évidence. Il m'interpelle :

— Hé ! le nouveau ! Marc, Sirène ! Je vois que tu t'es fait des amis.

Il lève le menton vers Jérémie et Emo, qui me regardent toujours d'un air furieux.

— Je ne veux plus de problèmes. Je veux juste qu'on me laisse tranquille.

— Ça va être difficile dans un bus bondé, hein ?

Ce n'est jamais un problème en ville. Je peux être seul dans un autobus tellement plein que je dois me tenir debout, accroché à une barre. Chacun ignore son voisin, même si nous sommes tous obligés de rester là à nous sentir les aisselles. Et personne ne se lance de fromage. Ni de yogourt. Personne non plus n'essaie de mettre le feu aux sièges du bus, ou à moi.

— Tu as été expulsé de ta dernière école, hein ? me demande Kraft.

— Non, je n'ai pas été expulsé.

— Qu'est-ce que tu fais ici, alors ? Pourquoi est-ce que tu commences l'école au milieu de novembre ?

— Pourquoi est-ce que tout le monde est aussi curieux ?

Le gars cligne des yeux. Il a les cils si blonds qu'ils sont presque invisibles.

— Juste pour savoir.

Je remarque qu'il a le visage couvert de taches de rousseur. Il lance un morceau de fromage en l'air et il l'attrape dans sa bouche. J'entends *scouiche-scouiche* contre ses dents pendant qu'il le mâche.

— Mes parents m'ont fait venir ici en janvier dernier, dit Kraft. C'était nul.

Donc il est ici depuis moins d'un an, mais il s'intègre parfaitement bien. Ce bus diabolique transforme peut-être les nouveaux en lanceurs de fromage en grains. Je dois sortir d'ici au plus vite.

— Et toi, tu viens de Montréal ? demande-t-il en mâchant un autre morceau de fromage. Tu dois vraiment trouver ça nul d'avoir déménagé ici, alors.

— Ouais, c'est le dernier endroit où je voulais aller. Je veux dire, j'aime bien ma grand-mère, mais…

Merde. Je ne devrais pas révéler que je suis installé chez mamie.

— Tu vis avec ta grand-mère ? *Ça*, c'est nul.

Je secoue la tête.

— Non, elle est correcte.

Elle est plutôt cool, à mon avis. Elle gagne sa vie en créant des costumes. Des tenues de danse, des déguisements d'Halloween, des costumes de théâtre… Elle les vend sur son site Web et elle les expédie à ses clients partout. Ce qui se vend le mieux, ce sont ses costumes d'Elvis. Allez savoir pourquoi.

Ma mère a appris à coudre avec grand-maman, puis elle a créé sa propre entreprise à domicile. Elle a une collection de vêtements spécialisés et elle confectionne chaque robe à la main. Ou, du moins, c'est ce qu'elle faisait. Je n'ai aucune idée de ce qui va se passer maintenant.

— Alors, où sont tes parents ? demande Kraft. Ils habitent chez ta grand-mère, eux aussi ?

— Non.

— En voyage d'affaires ?

— Non.

— En vacances ?

— Non.

— Ils sont morts ?

— Non !

— Dans l'armée ?

— Non.

— En mission d'espionnage ?

Je lui lance un regard noir.

— Non ! Qu'est-ce que tu es ? Un détective ou quelque chose du genre ?

Kraft rapproche son visage du mien. Il sent le fromage. Quelle surprise…

— Ils t'ont abandonné parce que tu as une sorte de maladie bizarre ? me demande-t-il. Comme la bactérie mangeuse de chair ? Es-tu dégoûtant et contagieux ? Est-ce que je vais attraper quelque chose juste en te parlant ?

— Non !

Mon Dieu ! Il est intarissable. Il n'abandonne pas. Je soupire.

— Mon père vit à Toronto, OK ?

— Alors pourquoi tu n'es pas allé vivre avec lui ?

Bonne question. Si j'étais allé vivre avec lui, je ne serais pas ici, en enfer, en ce moment.

Chapitre cinq

Je regarde par les fenêtres du bus la neige qui tombe en diagonale.

— Alors ? demande Kraft.

— Et alors quoi ?

— Pourquoi tu n'es pas allé vivre chez ton père ?

Qu'est-ce que je pourrais lui dire pour lui clouer le bec ? Papa n'est plus dans ma vie depuis des années. Il m'envoie une carte avec de l'argent à mon anniversaire et à Noël. Il s'est remarié et il a une autre famille toute neuve. J'ai une demi-sœur et un demi-frère que je n'ai jamais rencontrés. Quand les choses sont devenues difficiles avec ma mère, il est simplement parti. Je finis par lui répondre :

— Je ne le connais pas très bien.

— Et ta mère ? Est-ce qu'elle est morte ?

— Non.

J'essaie d'ignorer Kraft, mais il continue à me fixer jusqu'à ce que je ne puisse plus soutenir son regard.

— Ma mère est tombée malade, OK ?

Ce n'était pas la première fois non plus. Dès qu'elle tombe malade, je vais rester chez mamie. Et c'est arrivé souvent : chaque Noël, chaque été et chaque fois que maman a besoin d'une pause. Mais jusqu'à présent, c'était seulement pendant une semaine ou deux à la fois.

Kraft se penche, comme s'il espérait que je lui révèle un grand secret.

— Qu'est-ce qu'elle a ?

Je ne réponds pas.

— Est-ce qu'elle a le cancer ou quelque chose du genre ?

— Non.

— Elle a fait une crise cardiaque ? Un accident vasculaire cérébral ?

— Non.

— La mère de Gabrielle a fait un AVC, elle. Maintenant, elle parle d'une façon étrange, dit Kraft en levant le menton vers la fille bizarre.

Eh bien ! Ça explique pourquoi Gabrielle lit un livre sur le fonctionnement du cerveau ! Je lui dis :

— *Ça*, c'est vraiment nul.

— Gabrielle avait l'habitude de s'asseoir ici avec nous, au milieu du bus. Quand sa mère est tombée malade, elle a commencé à s'asseoir à l'avant avec les petits de la maternelle.

Maintenant que j'ai constaté ce qui se passe dans cet autobus, je pense que Gabrielle a pris la bonne décision.

Les filles se remettent à lancer du yogourt dans notre direction. Une grosse goutte dégouline sur mon épaule. Kraft s'agenouille sur son siège pour lancer des grains de fromage. Les filles continuent à nous asperger de yogourt. On voit ensuite apparaître les contenants de pouding. Quand on écrase le contenant de plastique d'une certaine façon, le pouding peut gicler jusqu'au plafond. Et presque tous les jeunes dans le bus en ont, comme s'ils en apportaient juste pour ça. Une pluie de postillons de pouding tombe du plafond. Je me protège la tête avec les mains pour éviter d'en avoir plein les cheveux. Je viens de comprendre pourquoi Emo n'enlève jamais son capuchon.

— Arrêtez ça ! Arrêtez ça tout de suite ! hurle la conductrice dans le micro.

Puis elle gare *encore* le bus et elle s'avance dans l'allée.

— Qui a commencé ? crie-t-elle. Allez, je veux des noms !

Elle a le visage écarlate. Une veine palpite dans son cou.

— C'est le petit nouveau ! lance quelqu'un.

Ida me regarde fixement.

— Marc ?

— Ce n'est pas moi ! Je n'ai même pas de pouding ! Je n'ai même pas apporté de lunch !

— Tu n'as pas mangé ce midi ? me demande Ida avec gentillesse.

Elle semble inquiète, et je me demande si elle est sur le point de m'offrir une barre de céréales ou autre chose pour me calmer l'appétit.

— J'ai apporté de l'argent pour m'acheter à manger, comme je le fais d'habitude.

— Eh bien ! il y en a qui ont les moyens de se payer un repas à la cafétéria tous les jours !

— Je ne suis pas… je ne suis pas riche.

Mais elle n'écoute pas. Elle continue à chercher le coupable. Elle regarde Kraft.

— Ne me regardez pas comme ça. Je n'ai pas de pouding, moi, j'ai du fromage en grains, dit-il en brandissant un sac.

— Il aime vraiment ça, le fromage, dit l'un des petits.

Oh, tu crois ? En tout cas, il aime en lancer.

La conductrice passe de rangée en rangée, en interrogeant chacun des passagers. Mais personne n'avoue avoir commencé la guerre du pouding, ni même d'en avoir simplement lancé, même si le bus est maintenant dégoulinant de ce truc.

— D'accord, finit-elle par dire. Vous allez *tous* nettoyer.

Les jeunes poussent un gémissement collectif, tandis qu'Ida retourne à son siège pour prendre un rouleau d'essuie-tout. Elle arrache des feuilles et en distribue à tout le monde. J'utilise la mienne pour essuyer le pouding sur mon épaule avant de m'attaquer au plafond.

Donc c'est à *ça* qu'Emo pensait quand il m'a dit que le retour à la maison est plus long si Ida doit « s'occuper de certaines choses ». Je demande à Kraft :

— Est-ce que c'est comme ça tous les jours ?

— Presque.

Je soupire et je croise le regard de la fille bizarre — je veux dire de Gabrielle — pendant qu'elle nettoie le pouding sur le dos de son siège. Elle lève un sourcil et elle me regarde comme pour dire : « Incroyable, non ? »

Soudain, c'est *elle* qui semble la plus saine d'esprit dans le bus. C'est elle qui est la moins dangereuse, en tout cas, même si elle n'est qu'à deux rangées derrière Jérémie et Emo. Je comprends enfin pourquoi elle choisit une place si près de la conductrice.

Kraft trempe maintenant son doigt dans le pouding pour dessiner sur la vitre. Il dessine un…

Je ne suis pas sûr que je devrais dire quoi. Disons simplement que ça rime avec « tennis » et qu'il y en a maintenant un gros en pouding sur la fenêtre.

OK, c'est bon. J'en ai assez de Kraft. Il est dégoûtant et il s'intéresse seulement aux batailles de nourriture. Je m'avance en esquivant les boules d'essuie-tout imprégnées de pouding que les jeunes se lancent d'un bout à l'autre du bus.

Je m'arrête vis-à-vis du siège de la fille bizarre. Celui de Gabrielle.

— Je peux m'asseoir ici ?

— Bien sûr, dit-elle. Mais crois-tu que c'est une bonne idée en ce moment ? me demande-t-elle en faisant un signe de tête vers Jérémie et Emo.

Emo se penche de l'autre côté de l'allée pour montrer à Jérémie quelque chose sur son téléphone. Ils me sourient tous les deux, comme s'ils avaient appris un truc à mon sujet.

Je laisse tomber mon sac à dos par terre et je dis :

— Je suppose qu'on est assis assez proches de la conductrice pour que ces deux-là se tiennent tranquilles.

— Je ne compterais pas trop là-dessus.

Elle se déplace tout de même pour que je puisse m'asseoir.

— Je m'appelle Gabrielle.

— Moi, c'est Marc.

— Je sais, dit-elle avec un joli sourire. Alors tu viens de Montréal ?

Je hausse les épaules.

— Je veux juste m'asseoir ici et écouter ma musique, d'accord ?

Elle a l'air blessée.

— Oui, bien sûr.

Je mets mes écouteurs et je ferme les yeux. Mais à peine une seconde plus tard, je reçois une boule de papier humide et gluante en plein visage. J'ouvre les paupières et je vois Jérémie tordu de rire pendant qu'Emo s'apprête à lancer son propre projectile dégueulasse sur moi. J'arrive à l'intercepter avant d'être touché. Je jongle avec la boule un moment avant de prendre mon élan pour la lancer. Mais Gabrielle pose une main sur mon bras.

— Je ne ferais pas ça si j'étais à ta place, dit-elle. Tu vas seulement aggraver les choses. Et tiens-tu vraiment à être comme eux ?

Elle jette un coup d'œil à Jérémie et à Emo, puis à l'asile de fous derrière nous. Il y a des boules d'essuie-tout qui volent dans tous les sens, et une qui fait même tomber le chapeau de la conductrice. Ida agite les bras en l'air et elle crie pour faire taire les jeunes. Je réponds à Gabrielle, en surveillant Jérémie et Emo :

— Non, tu as raison.

Ils me mettent pratiquement au défi de renvoyer la boule. Je sais qu'ils me tendent un piège. Ils veulent me faire craquer. Ils me réservent une surprise.

— Je veux juste rentrer chez moi.

Puis je me rends compte que je ne pense pas à la maison de grand-maman. Je veux rentrer chez moi… à Montréal.

Le mal du pays est une douleur qui monte de mon ventre à ma gorge. Mais je ne m'ennuie pas tant du condominium où j'habite avec ma mère. Je veux retrouver la vie que je menais avant qu'elle avale ses pilules. Je veux que tout redevienne comme avant.

Chapitre six

Ida finit par sortir un sifflet ! Dans lequel elle souffle fort, très fort. Le son strident paralyse tous les jeunes, qui se bouchent les oreilles. Elle souffle de nouveau et elle leur fait signe de regagner leurs places. Pour une fois, le bus est silencieux. Gabrielle semble plus calme, et je constate alors à quel point le bruit me stressait, moi aussi.

— Maintenant que j'ai toute votre attention, crie la conductrice, écoutez-moi bien. Le prochain qui lance du pouding, du yogourt, du fromage ou quoi que ce soit va recevoir un avertissement. Et si vous croyez que vous pouvez le faire à mon insu, pensez-y bien. Je vais regarder attentivement l'enregistrement de la caméra de surveillance ce soir. Je m'attends à ce que vous restiez assis bien sagement à votre place. Regardez droit devant vous et comportez-vous bien.

Ida pointe le doigt vers le pare-brise où nous voyons la neige tomber de plus en plus dru. Son visage est d'un rouge alarmant.

— Les conditions de la route sont épouvantables. J'ai beaucoup de difficulté à maîtriser le bus. Je ne veux surtout pas me faire déranger par de petits voyous comme vous. C'est mon travail d'assurer votre sécurité à tous. Vous allez vous comporter comme du monde ou bien je vais finir par avoir un accident et ce sera votre faute, *à vous*. Est-ce que c'est compris ?

On entend des grognements, puis Ida élève la voix :

— Est-ce que c'est compris ?

Quelques jeunes répondent par l'affirmative, alors que d'autres se contentent de fixer l'écran de leur cellulaire ou de texter. Par contre, plus personne ne lance quoi que ce soit, et personne ne parle. C'est un vrai soulagement après le vacarme des vingt dernières minutes.

Ida se fraye un chemin jusqu'à l'avant et s'installe sur son siège. Elle saisit le volant, elle baisse la tête quelques secondes comme pour se concentrer, puis elle reprend la route.

Je donne un coup de coude à Gabrielle en faisant un signe vers la conductrice.

— J'espère qu'ils la paient bien.

— Tu plaisantes ? répond-elle. Ils ne pourraient jamais la payer assez cher pour ce travail.

Elle a raison. Je suis heureux que la crise d'Ida

ait empêché Jérémie et Emo de mener à bien leur complot contre moi. Ils regardent devant eux maintenant, bien que je puisse voir les yeux cerclés de noir d'Emo qui m'observent dans le rétroviseur. Il fait mine d'allumer son briquet de nouveau. Je passe nerveusement la main dans mes mèches hérissées. Il arrête de me fixer seulement lorsque Jérémie prend le diadème de la petite fille et le plante sur le capuchon d'Emo qui l'enlève, l'inspecte et le remet en place. Intéressant. *La Reine des neiges*, version goth.

Gabrielle poursuit la lecture de son livre sur le cerveau, mais, cette fois, elle ne met pas son casque d'écoute antibruit.

Je sors mon téléphone pour vérifier mes messages. Grand-maman m'en a envoyé plusieurs.

Ta mère t'embrasse.

Tu lui manques.

Tu devrais l'appeler.

Je ne sais pas si je peux faire ça. Téléphoner à ma mère, je veux dire. Je ne saurais pas quoi lui dire. Si je lui pose la question qui me brûle les lèvres, ça ne fera qu'aggraver les choses. *Pourquoi as-tu décidé de me quitter comme ça ?*

Mamie me texte encore :

Elle s'inquiète pour toi.

Gabrielle se penche.

— Tu devrais prévenir ta mère que le bus n'est jamais à l'heure, sinon elle va se faire du mauvais sang.

— Ce n'est pas ma mère. C'est ma grand-maman.

— Oh ! moi, ma mère capotait tout le temps quand j'ai commencé à prendre ce bus ! Chaque jour, il y a au moins un enfant qui s'énerve, et Ida doit s'en occuper. Ou bien on doit s'arrêter longtemps au passage à niveau.

— Je ne savais pas ça ! Combien de temps il faut attendre quand il y a un train ?

Gabrielle replace une mèche de cheveux derrière son oreille.

— Ça dépend de la longueur du train. La dernière fois, on est restés tellement longtemps que Kraft est devenu fou furieux et qu'il a essayé de sortir par la fenêtre. Et l'une des petites filles de maternelle a fait pipi dans son pantalon.

Elle tourne la page de son livre. Je vois la photo d'un cerveau qui marine dans un bocal.

— Mais si Ida n'a pas à s'arrêter pour disputer un jeune avant d'atteindre le croisement, on réussit généralement à passer avant le train. On n'a pas besoin d'attendre.

— Et ça arrive, des jours comme ça ? Où *personne* ne cause de problèmes ?

— Non.

Un morceau de fromage atterrit sur mes genoux. Je donne une chiquenaude dessus pour le faire tomber par terre.

— Donc, je suppose qu'on va attendre au passage à niveau aujourd'hui.

— Tu vas t'habituer, dit Gabrielle. Ma mère prévoit que le bus sera en retard tous les jours. C'est pour ça que j'apporte toujours de la lecture, ajoute-t-elle en brandissant son livre.

— Tous les jours ? De combien de temps ?

— Ne t'inquiète pas. D'habitude, on rentre pour le souper.

Elle réfléchit un moment et précise :

— La plupart des jours.

La plupart des jours ? Pour le *souper* ? Je fais le calcul : si on revient à la maison juste à temps pour manger, ça veut dire un trajet de *deux heures* au moins. Pour le retour seulement. Ce qui veut dire quatre heures par jour dans ce bus. Quatre heures ! Et c'est juste parce que presque personne ne sait rester assis tranquille et se comporter dans un véhicule en mouvement. Je commence à détester ces jeunes. Sauf Gabrielle. Elle semble correcte. Elle, au moins, elle reste assise. Et elle ne s'amuse pas à lancer du fromage, du yogourt ou du pouding. Ni à faire des dessins cochons sur les vitres. Ni à menacer de mettre le feu à mes cheveux. Je lui dis :

— Tu n'es pas si bizarre.

Puis je grimace. Ce n'est pas bien sorti. Gabrielle remonte ses lunettes.

— Wow ! merci !

— Ce n'est pas ce que je voulais dire.

— Qu'est-ce que tu voulais dire ?

Comment me sortir de cette situation ?

— Comme tu t'assois ici, en avant, avec les plus petits, je pensais…

Je n'étais pas sûr de ce que je pensais.

— Emo a dit que tu étais bizarre. Et comme il est étrange lui-même, je me suis dit que si *lui* te trouve bizarre, alors tu dois vraiment l'être. Mais en fait, ce sont les autres qui sont bizarres.

Je me retourne vers Kraft, qui a coincé deux grains de fromage sous sa lèvre supérieure pour se faire des dents de lapin.

— Éric, dit-elle doucement.

— Quoi ?

— Emo, il s'appelle Éric. Et il n'est pas un emo pour vrai.

Elle réfléchit quelques minutes.

— Peut-être qu'il l'est, mais il est correct. Il est juste…

— Passionné par tout ce qui brûle.

Je ne peux pas croire que Gabrielle défend ce type.

— J'allais dire qu'il vient de vivre des moments difficiles. Son père est toujours sur son dos. Éric est arrivé à l'école avec un œil au beurre noir plusieurs fois.

— À cause de son père ?

Gabrielle jette un coup d'œil à Éric pour s'assurer qu'il n'écoute pas et elle hoche la tête.

— Ouais. On dirait que tout le monde ici, dans le bus, a une histoire particulière.

— Eh bien, oui ! Tout le monde en a une, dit Gabrielle.

Elle a raison, bien sûr. Je les ai jugés trop rapidement.

— Je pense que je comprends pourquoi tu t'assois ici avec les petits de la maternelle. Pour la même raison que moi, je parie. Pour échapper à la folie. Ou bien tu as eu des problèmes avec Ida ?

Elle secoue la tête.

— Je choisis de m'asseoir en avant pour éviter ça, explique-t-elle en tendant un pouce derrière elle.

— On serait portés à croire que les enfants de la maternelle sont les plus tannants, dis-je.

— Ceux de sixième année et de secondaire un sont les pires.

Elle a raison.

— Et j'ai le mal des transports. Si je m'assois ici, je peux regarder par le pare-brise quand c'est nécessaire. Ça m'empêche de vomir.

Je fais semblant de m'éloigner d'elle avec dédain et j'ajoute :

— Bonne idée !

Elle sourit à ma blague et elle me demande :

— Tu vis chez ta grand-mère ?

— Tu as entendu, hein ?

— Tu l'as mentionné, et tout le monde s'est passé le mot d'une rangée à l'autre. Et il paraît que ton père est un espion ?

Je souris et je secoue la tête.

— Pas du tout. Mon père a le travail le plus ennuyeux de la planète. Il vend des assurances.

— Et ta mère ?

Je ne veux pas parler de ma mère. Je ne veux pas penser à elle parce que je vais la revoir allongée sur le plancher de la cuisine. Je vais ressentir la même panique qui m'a envahi lorsque j'ai pris son pouls et que j'ai appelé le 911. Je vais avoir le même sentiment de vide dans mes tripes que lorsque j'ai compris ce qu'elle avait fait.

Chapitre sept

Gabrielle me donne un coup de coude.

— Ça va ?

— Oui, je vais bien.

— Tu as eu l'air perdu dans tes pensées quand je t'ai parlé de ta mère.

— Juste de la fatigue, je suppose. C'est mon premier jour dans une nouvelle école. Et puis il y a *eux*.

J'agite une main vers les autres passagers, en espérant qu'elle laissera tomber son interrogatoire. Mais je n'ai pas cette chance.

— Elle est malade ou quelque chose du genre, ta mère ? demande-t-elle.

J'ai déjà révélé plus de choses de ma vie dans ce bus bondé que je ne le voulais. Alors je l'interroge à mon tour :

— J'ai entendu dire que ta mère a eu une attaque. C'est ça ?

— Il y a quelques mois. Elle courait des marathons et, maintenant, je dois l'aider à monter l'escalier.

— Je suis désolé.

Gabrielle tripote une page cornée de son livre.

— C'est correct. Son état s'améliore.

Mais elle a l'air si triste que j'ai l'impression que je devrais lui dire quelque chose. Je prends une profonde inspiration et je lui fais un aveu :

— Ma mère… elle est malade, elle aussi.

Je me dis que je ne révèle pas grand-chose. Kraft m'a déjà soutiré cette information.

— Malade comment ?

— Juste malade.

Gabrielle m'observe, pour essayer de comprendre, je suppose. Elle est jolie, dans le genre intello. Derrière ses lunettes, je distingue ses yeux d'un brun profond, encadrés par de longs cils. Elle n'a pas un seul bouton, contrairement à presque tous les ados du secondaire dans le bus. Moi inclus.

— Tu n'es pas le seul à vivre avec ta grand-mère, tu sais, dit-elle.

— Ah non ?

— Éric aussi.

— L'emo ?

La Faucheuse vit avec sa grand-maman ? Ça me semble improbable.

— Éric. Il s'appelle Éric, me corrige Gabrielle.

C'est vrai. Éric.

En entendant son nom, Éric se renfrogne. Il porte encore la couronne de princesse par-dessus le capuchon de son coton ouaté.

Dès qu'il se détourne, Gabrielle m'explique à voix basse :

— Il vient de partir de chez lui parce qu'il ne pouvait plus vivre avec son père. Sa grand-mère l'a accueilli.

— Oh…

J'ai quelque chose en commun avec ce type. Qui l'aurait cru ?

Gabrielle ferme son livre. J'imagine que nous allons discuter, que je le veuille ou pas.

— C'est dommage que tu aies dû quitter ton école comme ça.

— Ne t'en fais pas pour moi.

— Je veux dire, je sais ce que c'est.

— Tu vis avec ta grand-mère, toi aussi, Gabrielle ?

— Non, mais ma mère s'est remariée il y a quelques années, et mon frère et moi, on a dû déménager ici avec elle. J'ai détesté ça pendant longtemps. J'espérais que maman allait rompre avec Bernard. C'est mon beau-père. Ou peut-être qu'elle et papa allaient revenir ensemble. Tout ce que je voulais, c'était retourner à Québec et que tout soit comme avant. Je ne voulais pas me faire d'amis ici parce que ça aurait voulu dire que j'abandonnais mon ancienne vie.

Je suppose qu'elle sait vraiment comment c'est. Moi non plus, je ne veux pas me faire d'amis à l'école ou dans ce bus. Si je le fais, je devrai admettre que je suis ici pour de bon et que les choses ont changé.

— Je sais ce que tu veux dire. J'ai…

Je ne peux pas finir ma phrase parce que Jérémie et Éric se retournent tous les deux sur leurs sièges, et Jérémie m'interpelle :

— Hé ! Viande fraîche !

— Sirène-Marc, le corrige Éric.

— Tu veux jouer à *Vérité ou conséquence* ?

Je regarde Gabrielle. Elle me le dira si c'est une mauvaise idée.

Mais Jérémie n'attend pas.

— Tu sais comment ça se passe : tu choisis si on te pose une question ou si on te lance un défi.

Par le rétroviseur, je vois Ida lever le menton pour nous examiner. Je secoue la tête.

— Oh ! je ne pense pas…

— *Tout le monde* va jouer. Ta blonde aussi, ajoute Jérémie en indiquant Gabrielle avec son téléphone.

— Ce n'est pas ma blonde.

— Elle ne jouera pas, dit Éric. Elle ne joue jamais.

— Vérité, lance Gabrielle.

J'ai l'impression qu'elle essaie de détourner leur attention loin de moi.

— Oh ! tu as décidé de jouer, pour une fois ! dit Éric.

— Vérité, répète Gabrielle plus fort.

— Très bien, dit Jérémie. Alors, Gabrielle, tu aimes bien le nouveau ?

— Marc ?

Jérémie sourit. Il pense peut-être qu'elle refusera de répondre ou sera gênée. Mais Gabrielle lève son menton et elle lance :

— Oui. J'aime bien Marc. Il a l'air d'être un bon gars. Pas comme les autres tarés dans l'autobus.

— Hé ! je suis juste gentil ici ! proteste Jérémie.

— OK, c'est au tour de Marc, dit Éric. Vérité ou conséquence ?

— Euh… je ne sais pas trop…

— Vérité, répond Gabrielle à ma place.

Puis elle me glisse à l'oreille :

— Crois-moi, tu n'as pas intérêt à relever un de leurs défis.

— Vérité !

— Vérité, alors, répète Éric. Dis-nous donc, Sirène, pourquoi tu as déménagé ici ? Et n'oublie pas que tu dois dire la vérité.

— Comme je l'ai expliqué au gars du fromage…

— Émile Kraft, précise Gabrielle.

— Je n'ai pas *déménagé* ici. Je reste seulement avec ma grand-mère quelque temps, jusqu'à ce que ma mère se remette sur pied.

— Qu'est-ce qu'elle a ? demande Jérémie. Le cancer ?

— Non.

— Diabète, crise cardiaque, AVC ? ajoute Éric avec un sourire narquois, comme s'il savait quelque chose que j'ignore.

— Mon Dieu, c'est quoi, toutes ces questions ? Tu es pire que Kraft Dinner.

Éric sourit. Ses dents très blanches contrastent avec ses lèvres très noires.

— Alors, c'est quoi, son problème ? Ta mère est une droguée ?

Mon cœur saute un battement.

— Elle a des problèmes de dépendance ?

Après une pause, je réponds :

— Non.

— Allez, Éric, dit Gabrielle. Ne fais pas le con.

Éric insiste :

— Mais ça ressemble à ça, hein ?

Je m'écrase au fond de mon siège, les bras croisés.

— Non ! Je ne veux pas jouer à ce jeu stupide.

— Rappelle-toi, tu dois dire la vérité. Si tu ne le fais pas, il y a des conséquences…

Je ne suis pas sûr de vouloir les connaître.

Ida nous regarde dans le rétroviseur et elle nous lance un avertissement :

— Les gars…

Je lève les deux mains et je dis :

— Je ne veux pas de problèmes.

Jérémie se penche pour me murmurer à l'oreille :

— Si c'est le cas, tu n'aurais pas dû colporter à Ida que, Sophie et moi, on s'embrassait en arrière.

Je baisse la voix comme lui :

— Elle vous aurait vus de toute façon. Disons que tu ne te cachais pas vraiment avec Sophie.

— Tu es un vrai traître, chuchote Éric de sous son chandail à capuchon. Ida m'a confisqué mon briquet. C'est mon troisième avertissement. Je ne peux plus prendre le bus.

— Pourquoi tu tiens à le prendre ? C'est pire qu'un asile de fous.

— Asile de *fous*, répète Éric. C'est un choix de mots intéressant.

J'ai une boule dans le ventre.

— Qu'est-ce que tu veux dire ?

— J'ai envoyé un texto à ma grand-mère pour lui poser quelques questions. Elle connaît ta grand-maman. Et elle sait pourquoi tu es ici.

Merde.

Je suis sur le point de lui dire d'aller se faire voir quand le bus ralentit au sommet d'une colline escarpée. Il y a un passage à niveau en bas. La route est glacée, et le bus dérape légèrement avant de s'arrêter. Les épandeurs de sable ne sont pas encore passés. Je suppose que tous les camions d'épandage sont encore sur les routes principales. Comme je ne vois pas de train, je demande à Gabrielle :

— Pourquoi on s'arrête ?

— Les bus scolaires doivent toujours arrêter à chaque voie ferrée, même s'il n'y a pas de train.

Les jeunes à l'arrière se mettent à crier plus fort que d'habitude. Gabrielle se retourne pour voir ce qui cause cette agitation.

— Oh ! merde !

Je me retourne et j'aperçois une fourgonnette au milieu de la colline qui glisse droit sur nous. Elle dérape, puis elle nous frappe de plein fouet. Le bus entier tremble sous l'impact et il avance par à-coups sur la route glacée. Je suis projeté dans l'allée et je tente d'amortir ma chute avec ma main droite. Quand j'essaie de me relever, tout mon bras me brûle. Puis je constate que la puissance de l'impact a poussé l'autobus sur les rails. Et Ida est affalée sur le volant, inconsciente.

Chapitre huit

C'est le chaos dans le bus, encore plus qu'avant. Les petits de maternelle pleurent, comme beaucoup d'enfants du primaire. Ida est immobile et elle a du sang sur le front. Elle a dû se frapper durement la tête quand la fourgonnette a heurté l'arrière du bus.

— Ça va ? me demande Gabrielle.

— Ouais, dis-je en me tenant le bras. Mais je pense que notre conductrice est blessée.

— On a un problème plus grave encore. Le devant du bus est sur les rails.

Gabrielle se lève et s'adresse aux jeunes en criant :

— Quelqu'un doit appeler le 911 et dire qu'on est coincés sur la voie ferrée !

— Je m'en charge ! lance une fille de sixième année.

Immédiatement, elle se met à taper le numéro d'urgence sur son téléphone. Gabrielle demande à Sophie :

— Ça va, en arrière ?

Sophie, toujours assise tout au fond, semble ébranlée, mais elle fait signe que oui.

— Et les autres, vous allez bien ? Pouvez-vous marcher ? demande Gabrielle.

Les jeunes hochent la tête.

— OK, c'est bon. J'ai besoin que vous restiez calmes et que vous m'écoutiez. Tout va bien se passer.

Je suis très impressionné.

Gabrielle me pousse légèrement pour se rendre à l'avant du bus. Elle examine Ida, puis elle se tourne vers Jérémie et Éric.

— Vous deux, faites descendre les jeunes par la sortie de secours et emmenez-les vers la clairière là-bas. Assurez-vous que chacun des grands reste avec un plus jeune. Marc, aide-moi à sortir Ida du bus. On va passer par la porte avant.

Comme Jérémie et Éric ne réagissent pas immédiatement, Gabrielle tape dans ses mains.

— Vite ! Faites descendre les enfants. Le train peut arriver d'une minute à l'autre.

Je m'attends à ce que Jérémie et Éric disent à Gabrielle d'aller se faire voir, mais ils lui obéissent et ils escortent les enfants de la maternelle vers l'arrière du bus. Et ils s'acquittent bien de leur tâche : ils réussissent à rassurer les petits et à les garder calmes. J'ai l'impression qu'ils se sont entraînés pour ce genre de situation.

Gabrielle tend le bras pour saisir le micro de l'émetteur-récepteur et elle l'allume.

— Allo. On a une urgence. Une fourgonnette a heurté l'arrière du bus, et on est coincés sur les rails en bas de la côte de l'Église.

Une voix crépite dans le haut-parleur :

— Ici le répartiteur. Est-ce que les passagers sont sortis du bus ?

Gabrielle et moi nous retournons et nous voyons Éric qui aide le dernier enfant à sauter du bus. Gabrielle parle au répartiteur comme si elle savait exactement ce qu'il fallait faire :

— Oui, les enfants sont en sécurité, mais la conductrice est blessée. On a appelé le 911, mais vous devez faire arrêter le prochain train.

Nous observons Éric et Jérémie marcher derrière les jeunes qui se dirigent en file indienne jusqu'à la clairière. Je suis étonné par leur calme et leur discipline, surtout après les avoir vus se comporter comme des sauvages jusqu'ici.

— Êtes-vous capables de déplacer votre conductrice ? demande le répartiteur.

Ida gémit.

— Je pense que oui, répond Gabrielle. Elle s'est frappé la tête assez violemment et elle semble inconsciente, mais je ne vois pas d'autre blessure. On va essayer de la sortir.

— Dépêchez-vous ! dit la voix. Allez vous mettre en sécurité. Les secours sont en route.

Gabrielle replace le micro et elle se penche sur notre conductrice.

— Ida ?

Elle répète, plus fort :

— Ida !

La femme marmonne un mot incompréhensible d'une voix pâteuse.

— Savez-vous ce qui s'est passé ? lui demande Gabrielle.

— Quoi ? dit Ida.

— Savez-vous où vous êtes ?

— En enfer, répond Ida en souriant.

Gabrielle lui décrit la situation :

— On doit vous faire descendre du bus. On est immobilisés sur la voie ferrée.

Ida plisse les yeux en essayant de comprendre ce qui se passe.

— Quoi ? Les enfants ! Oh ! mon Dieu ! Je pense que je vais être malade.

Ida a un spasme, comme si elle allait vomir. Puis elle se tient la tête à deux mains. Elle semble avoir très mal.

Gabrielle lève les yeux vers moi.

— Confusion, maux de tête, nausées… Elle a probablement une commotion cérébrale. Aide-moi à la sortir d'ici.

Elle essaie de défaire la boucle de la ceinture de sécurité d'Ida.

— Super. C'est coincé.

Gabrielle étend le bras au-dessus du pare-brise et elle attrape un couteau de forme bizarre. Je suis intrigué.

— Qu'est-ce que c'est ?

— Un coupe-ceinture de sécurité.

— Je ne savais pas que ça existait !

— C'est là pour les urgences. Et je dirais que c'est bel et bien une urgence.

— Tiens, laisse-moi t'aider, lui dis-je en lui prenant l'instrument des mains.

Après avoir coupé la ceinture, je redresse Ida avec l'aide de Gabrielle, et nous la soutenons pour descendre du bus. Ensuite, nous passons chacun une épaule sous son bras et nous l'aidons à se rendre jusqu'à la clairière.

Pendant qu'on marche, je demande à Gabrielle :

— Comment tu sais tout ça ?

— Tout le monde dans le bus a appris à le faire. Ils nous bourrent le crâne avec ces trucs de sécurité à chaque rentrée scolaire. Et on fait des exercices d'urgence plusieurs fois par année. Un enfant de la maternelle pourrait s'en occuper.

— Ah oui ? J'en doute.

— Non, c'est vrai. On connaît toutes les règles par cœur. C'est pourquoi tout le monde m'écoutait quand je donnais les instructions.

J'ai soudainement beaucoup d'admiration pour ces jeunes de la campagne. Moi, je n'aurais pas eu la moindre idée de ce qu'il fallait faire.

On aide Ida à s'asseoir sur un long tronc d'arbre. Gabrielle regarde la scène de l'accident en enlevant son manteau. La conductrice de la fourgonnette — une femme âgée — est toujours dans son véhicule. Elle s'accroche au volant en fixant l'autobus jaune devant elle.

— Je dois la sortir de là, dit Gabrielle.

— Et moi, je dois avertir mamie de ce qui se passe. Elle va paniquer si elle apprend ça sur Twitter.

J'essaie d'envoyer un texto avec ma main droite, ma main dominante, mais j'ai trop mal au bras. Je change de main.

En retard. Accident de bus. Je suis OK.

En quelque sorte, je pense. J'ai l'impression d'avoir le bras en feu. Quand je remue mes doigts, je sens que mon avant-bras est bizarre… Je le secoue, mais ça ne fait qu'aggraver la situation.

— Qu'est-ce que tu as à la main ? me demande Gabrielle en posant son manteau sur les épaules d'Ida.

— Je ne sais pas. J'ai amorti ma chute avec ma main. Maintenant, mon bras au complet brûle.

— Laisse-moi voir.

Elle prend mon bras et elle le palpe délicatement.

— Pas d'os qui ressort. C'est une bonne chose. Mais il y a une bosse là où il ne devrait pas y en avoir, et je vois de l'enflure. Je pense que tu as une fracture.

Quand je la regarde d'un air étonné, elle ajoute :

— J'ai suivi des cours de premiers soins.

Je soutiens mon bras par le poignet. Maintenant que je sais qu'il est probablement cassé, c'est encore plus douloureux.

Gabrielle se retourne.

— Je dois aller chercher cette dame dans sa fourgonnette. Elle n'a pas décollé ses mains du volant. Elle est peut-être en état de choc.

— Je peux t'aider ?

— Non, à moins que tu puisses arrêter la neige. Si ça continue, on va être congelés avant que les secours arrivent.

Je lui dis, avec le sourire :

— Je vais voir ce que je peux faire.

Elle me sourit en retour. Puis elle court jusqu'à la fourgonnette. Je suis impressionné par la confiance avec laquelle elle gère la situation. Et je crois qu'elle m'aime bien. Pendant un instant, je me dis que vivre ici — ou plutôt visiter cet endroit — ce n'est peut-être pas si mal, après tout. Mais ensuite, j'aperçois Jérémie et Éric qui se dirigent vers moi.

Merde. On est au milieu de nulle part. Les secours risquent d'arriver dans vingt minutes ou plus. J'ai le bras cassé. Et maintenant que la conductrice est « hors service », je suis une proie facile.

Chapitre neuf

Mon téléphone vibre. J'ai Jérémie et Éric à l'œil pendant que je le sors de ma poche. Un autre message de mamie.

Quel genre d'accident ? Es-tu blessé ?

Je prends une photo de la fourgonnette accidentée derrière le bus et je la lui envoie. Puis je lui écris un texto avec ma main gauche.

Bras cassé, je pense.

Où es-tu ?

Je localise l'endroit où on se trouve avec une application sur mon téléphone et j'envoie la carte à grand-maman. Elle m'envoie un autre texto.

Je pars tout de suite.

Dieu merci ! Elle me ramènera à la maison. Au moins, l'autobus scolaire, c'est fini pour aujourd'hui.

Puis le téléphone sonne. Encore ma grand-mère. Je réponds :

— Je suis correct.

— Je suis dans le camion, je le fais chauffer. Je vais être là dans moins de dix minutes. Qu'est-ce qui se passe avec ton bras ?

Je regarde Jérémie et Éric. Pendant que je parle au téléphone, ils restent immobiles pas très loin et ils font semblant de discuter, mais je devine qu'ils m'écoutent. Je leur tourne le dos pendant que je parle à grand-maman.

Quand je remue les doigts, je sens une brûlure dans mon bras.

— Je ne sais pas. C'est enflé. Ça n'a pas l'air normal.

— Tu crois vraiment qu'il est cassé ? me demande grand-maman.

— Gabrielle pense que ça se pourrait.

— Gabrielle ?

— Une fille dans le bus.

— On va demander l'avis d'un docteur.

— Gabrielle a suivi un cours de secourisme.

— Ah bon...

J'observe Gabrielle pendant qu'elle aide la vieille dame à sortir de sa fourgonnette. J'ajoute :

— Elle est gentille.

— Ah bon...

— C'est juste une copine.

— Je pensais que tu ne t'étais pas fait d'amis, dit grand-maman, un sourire dans la voix.

— Ce bus est plein de jeunes énervés, mamie. Je veux dire, de jeunes débiles. Je ne suis pas sûr de pouvoir faire ça tous les jours.

— Mais moi, je ne peux pas faire l'aller-retour en ville tous les jours, Marc. Je n'en ai pas les moyens.

— Je sais.

— Tu vas t'habituer.

Justement, je ne veux pas m'habituer. C'est hors de question.

— Sérieusement, mamie. Je ne pense pas être capable de faire ça. Tout ça.

— Reste assis, et je serai là en un rien de temps. Je suis en route.

— Mamie ?

— Oui ?

— C'est vrai que maman a demandé de mes nouvelles ?

— Bien sûr.

— Je veux dire...

Est-ce qu'elle tient encore à moi ?

— Elle t'aime, mon chéri, dit grand-maman. Ce n'est pas ta faute, tu comprends ? Ce que ta mère a fait n'a rien à voir avec toi.

Non, je ne comprends pas.

— On va en reparler ce soir. J'arrive tout de suite.

Elle raccroche.

Je range mon téléphone dans ma poche et je soutiens mon bras droit. Il me fait encore plus mal maintenant.

— Alors, Marc, on va reprendre notre petit jeu de *Vérité ou conséquence*. Qu'est-ce que tu en dis ?

Je me retourne. Éric est là, avec Jérémie juste derrière lui.

— Pourquoi ne pas commencer par la vérité ? demande Éric.

Il hausse la voix pour que tous les jeunes se tournent vers nous.

— Dis-nous pourquoi tu as déménagé ici au milieu du mois de novembre ?

— Ce ne sont pas vos affaires.

Gabrielle me regarde pendant qu'elle conduit la vieille femme vers nous, comme si elle devinait que j'ai des problèmes.

— Ta mère est souvent malade, n'est-ce pas ? demande Jérémie.

Je peux voir sur son visage qu'il va tout révéler aux autres.

Je contourne Éric et Jérémie et je m'éloigne.

— Laissez-moi tranquille.

Mais ils me suivent.

— J'ai entendu dire qu'elle est plus folle que malade, lance Éric.

— Va te faire foutre.

— Elle est toujours triste, n'est-ce pas ? dit Éric. Tellement triste qu'un jour elle a essayé de se tuer. C'est ça, hein ?

Je me retourne vers lui.

— Tu n'as pas le droit…

— Elle a pris un tas de pilules pour mourir et elle a fini à l'hôpital psychiatrique.

Les larmes me montent aux yeux.

— Oh ! il va pleurer ! dit Éric sur le ton qu'on prend pour parler à un bébé. Maintenant, c'est *lui* qui est triste. Tellement triste. Il a de la peine, le petit garçon à sa maman.

— Pourquoi penses-tu qu'elle a fait ça, essayer de se suicider ? demande Jérémie d'une voix forte.

Du coin de l'œil, j'aperçois un des petits, les yeux écarquillés.

— Je pense que c'était pour s'éloigner de son fils Marc parce qu'il la rendait folle, explique Éric.

Son rire hystérique sonne faux.

Je pousse la Faucheuse. Fort. Éric s'écrase les fesses dans la neige. Son capuchon retombe, révélant sa tignasse noire. Il semble confus quelques secondes, comme s'il n'arrivait pas à croire que je l'aie poussé. Puis il se relève d'un bond et il se jette sur moi. Mais je tourne autour de lui et, avec ma main gauche, je tire son manteau par-derrière, de sorte qu'il est paralysé des deux bras. Il se débat un bon moment avec son chandail à capuche pour libérer ses bras. J'entends des jeunes rire.

— Attrape-le ! hurle Éric.

Jérémie se lance vers moi, mais il glisse dans la neige. Je m'enfuis, toujours en soutenant mon bras blessé. Éric finit par se redresser et il me suit de près. Il m'attrape par le bras droit, celui qui me fait mal. Je hurle de douleur et j'agrippe sa main pour qu'il le lâche.

— Arrête ça ! crie Gabrielle qui soutient toujours la vieille dame. Marc est blessé. Je pense qu'il a le bras cassé. Tu vas aggraver la blessure.

Je vois une expression étrange sur le visage d'Éric. Il me lâche en marmonnant :

— Je ne savais pas.

Une pensée me traverse l'esprit. Il sait peut-être à quel point ça fait mal, une fracture. Mais il retrouve son expression dure et il m'enfonce son doigt dans la poitrine.

— Tu m'as ridiculisé.

— Tu as fait ça tout seul.

— Tu... tu...

Les traits d'Éric se déforment sous l'effort de trouver les mots. Puis il se penche si près de moi que je peux sentir son haleine d'ail.

— Tu es foutu.

Chapitre dix

Gabrielle aide la vieille dame à s'asseoir sur le tronc d'arbre, à côté d'Ida. Puis elle se glisse entre Éric et moi, et elle tente de nous faire entendre raison.

— Vous ne trouvez pas que les choses vont déjà assez mal sans faire ce genre de stupidités ? Les petits sont effrayés. Ça ne les calmera pas de voir des grands se battre en plus.

Éric s'adresse à moi par-dessus la tête de Gabrielle en l'ignorant :

— Quoi ? Tu laisses ta blonde te défendre ?

— Elle n'est pas ma blonde.

Mais il a raison. Je dois me défendre moi-même, sinon il ne me laissera jamais tranquille. Je passe devant Gabrielle et je me plante en face d'Éric.

— OK, Éric. Tu veux jouer à *Vérité ou conséquence* ? Je vais te la dire moi, la vérité. À propos de *toi*. Tu essaies de faire peur à tout le monde, mais c'est toi qui as peur.

Éric lève le menton.

— Ah oui ? Et j'ai peur de quoi ?

— De ton père, je suppose.

Éric recule d'un pas, comme si je l'avais giflé. Ses yeux se dirigent vers les jeunes qui nous observent.

J'enfonce mon index dans sa poitrine.

— Tu as peur que les gens découvrent à quel point tu as peur. Alors tu t'habilles et tu te maquilles comme ça…

Je fais un geste vers son accoutrement qui ressemble à l'un de ceux que ma grand-mère vend pour l'Halloween.

— Ce déguisement, ce *masque,* ce n'est pas vraiment toi, n'est-ce pas ? *C'est toi,* le petit garçon triste.

Gabrielle me lance un avertissement :

— Marc ! Ça suffit !

Je ne l'écoute pas.

— Ma mère a peut-être essayé de s'enlever la vie pour s'éloigner de moi, mais au moins, elle ne m'a jamais battu.

— Marc ! dit Gabrielle, outrée.

Éric lève la tête. Son visage se déforme, et une larme roule sur sa joue. Il l'essuie rapidement, ce qui laisse une vilaine traînée noire sous les yeux. Puis il s'écarte du groupe.

Jérémie reste là, à me fixer. Je devine qu'aucun de ces jeunes de la campagne n'a jamais eu le courage de leur tenir tête, à lui et à Éric. Mais j'ai fait face à pire situation dans mon école en ville. Je lui demande :

— Tu n'as pas une petite amie à aller embrasser ?

Jérémie hausse les épaules et il s'avance vers Sophie.

Je me retourne, triomphant, en m'attendant à ce que Gabrielle me félicite pour mon cran. Mais je comprends vite à son expression qu'elle est en colère.

— C'était très méchant, ce que tu as dit à Éric.

— Il a eu ce qu'il méritait. Quelqu'un devait lui faire comprendre qu'il ne peut pas traiter les gens comme ça. Maintenant, il sait comment se sentent ses victimes.

— Tu as répété ce que je t'avais confié en privé sur lui et sur son père.

— Mais…

— Tu lui as vraiment fait de la peine. Et c'était stupide. Je sais qu'il s'est comporté comme un idiot avec toi, mais tu l'as humilié devant tout le monde.

Maintenant, il doit sauver la face. Il va chercher un moyen de se venger.

Je regarde Éric. Sa tête est baissée, cachée sous son capuchon, mais je remarque qu'il est en train de pleurer. Il s'essuie les yeux. Soudain, c'est moi qui me sens comme un vrai crétin.

— Tu as raison, dis-je doucement.

— Quoi ?

— Tu as raison.

Aucun de nous ne parle pendant une minute, puis j'ajoute :

— Le train n'est pas arrivé.

— Je suppose qu'ils l'ont arrêté, dit Gabrielle en haussant les épaules.

— Ou bien il était déjà passé avant qu'on arrive.

Gabrielle pose une main sur mon épaule, et sa voix s'adoucit.

— C'est vrai ce qu'Éric a dit à propos de ta mère ? Qu'elle a essayé de mettre fin à ses jours ?

Je sens un élan de colère et je me mets à crier :

— Qu'est-ce que ça peut bien te faire ?

Mais tout de suite, je remarque l'étonnement de Gabrielle et je lui explique :

— Je suis désolé. Je voulais juste que ça reste un secret. Maintenant, tout le monde le sait ou le saura bientôt, quand le bruit va circuler.

Gabrielle se frotte les bras pour se réchauffer.

— Je te le demande parce que… j'ai une petite idée de ce que ça fait.

Elle est debout, sans manteau, sous la neige qui tombe. J'enlève ma doudoune et je la pose sur elle.

— Ta mère a fait un AVC. Ce n'est pas la même chose.

— C'est vrai, mais l'attaque l'a changée pendant un moment. Et a changé son comportement. Elle se mettait souvent en colère et elle pleurait beaucoup, pour des niaiseries. Je ne savais jamais comment elle allait réagir. C'est comme si elle était devenue quelqu'un d'autre. Et elle était toujours fatiguée. Elle n'avait jamais d'énergie pour moi.

Elle fait une pause, puis elle continue :

— Pendant longtemps, j'ai eu l'impression d'avoir perdu ma mère.

Je frotte mon bras endolori. J'ai la chair de poule maintenant. Je lui explique :

— Ma mère est toujours fatiguée aussi, quand elle est au plus bas.

— Dépression ?

— Elle est bipolaire. Parfois, elle est tellement excitée qu'elle devient folle. Elle parle très vite et elle reste debout toute la nuit à coudre des robes. Des robes cinglées que personne ne va porter. Et elle danse sans arrêt.

— Elle a l'air amusante.

— Mais après, elle s'écrase et elle ne peut pas sortir du lit. Un rien la fait pleurer et elle se déteste. La dernière fois, elle est tombée tellement bas qu'elle a renoncé à vivre. J'avais l'impression qu'elle m'abandonnait.

Je frissonne. Gabrielle s'approche de moi et elle soulève mon manteau pour qu'il nous enveloppe tous les deux.

— Donc, ce qu'Éric prétend à propos de ta mère, qu'elle aurait essayé de se tuer pour s'éloigner de toi…

— Il a frappé en plein dans le mille, parce que quand maman a avalé toutes ces pilules, j'ai eu exactement la même impression. Je pensais qu'elle s'était tannée de moi. Qu'elle ne voulait plus de notre vie. Qu'elle voulait juste partir.

— Mais ce n'est pas du tout ça, n'est-ce pas ? dit Gabrielle. Elle est malade, comme ma mère. Le déséquilibre chimique dans le cerveau de ta mère lui donne l'impression que rien ne compte. Il la fait se sentir comme ça. Mais ce n'est pas elle, c'est la maladie. Pareil pour ma mère. Sa colère, ce n'était pas elle. C'était un symptôme de sa blessure au cerveau, de l'AVC.

— Oui, je suppose, mais on ne dirait pas. J'ai l'impression que c'est ma faute.

— Je comprends. J'avais l'habitude de m'en vouloir quand maman se mettait en colère sans raison. Je pensais que quelque chose n'allait pas avec moi. Que c'était moi qui la rendais folle. Mais ce n'était pas moi du tout, c'étaient l'attaque, les dommages à son cerveau. Maintenant…

— Maintenant ?

— Elle va mieux. Mais je sais que ça ne sera plus jamais pareil, tu comprends ? Ça me rend triste parfois. Les choses vont s'arranger pour toi aussi, ajoute Gabrielle en me prenant la main. L'état de ta mère va s'améliorer.

— Mais ce sera long, dis-je en pensant au texto de mamie.

— Qu'est-ce que tu veux dire ?

— Il va falloir un certain temps avant que maman aille beaucoup mieux. Et je suis coincé ici jusqu'à ce que ça arrive.

Dans cette école, dans ce bus, au milieu de nulle part…

— C'est aussi épouvantable que ça ? me demande Gabrielle en me donnant un petit coup d'épaule. Je suis sûre qu'il y a pire.

Je souris.

— Vraiment ? Pire que ce bus ?

Elle rit.

— Peut-être pas, mais ça ne me dérangerait pas que tu restes. Si tu dois rester, je veux dire, ajoute-t-elle, la tête baissée, en donnant des coups de pied dans un tas de neige.

Mon téléphone vibre. Un message de ma mère, cette fois.

J'ai entendu dire que tu as eu toute une aventure !

Avec une émoticône de visage souriant. C'est

maman qui essaie d'avoir l'air optimiste et heureuse, même si je sais qu'elle ne l'est pas. Je ne lui ai pas parlé depuis que l'ambulance est venue la chercher. Mamie a dû lui téléphoner pendant qu'elle faisait chauffer le moteur de son camion.

Tu devrais l'appeler, a dit mamie. Mais je ne suis pas sûr d'être prêt à le faire. Je suis toujours en colère, blessé. Maman a voulu me quitter de la pire des façons. Mais je suppose que je peux commencer par un texto.

Mal au bras, mais ça va aller.

Je lève les yeux vers les flocons de neige qui tombent sur moi et je sens la chaleur de Gabrielle à mes côtés. Et pour la première fois depuis que j'ai trouvé maman inanimée sur le plancher, je sens que c'est vrai : ça va aller.

Mon téléphone vibre. Encore ma mère.

Comment s'est passée ta première journée à l'école ?

Correct.

Bien installé ?

Je scrute la scène autour de moi. Éric est assis tout seul. Gabrielle est blottie contre moi, sous mon manteau. Les plus petits discutent calmement. Jérémie, toujours avec la couronne de princesse sur la tête, fait même le clown avec les plus jeunes pour les amuser. La neige s'est accumulée sur les arbres. C'est joli, joli comme une carte de Noël. Loin des bruits de la ville et de l'autobus jaune, je me sens soudainement en paix.

Oui.

Peut-être que je commence à m'installer.

Tu me manques.

Je fixe mon téléphone pendant un long moment. Pour une raison stupide, ces trois petits mots de ma mère me font pleurer. J'essuie mes larmes, en espérant que Gabrielle pensera que je suis juste en train d'essuyer des flocons de neige.

Tu me manques aussi, maman.

Gabrielle me donne un coup de coude.

— Hé ! voici ton taxi pour rentrer à la maison !
Ta grand-mère a été plus rapide que les secours.

Au même instant, j'entends la sirène de
l'ambulance qui approche. L'autobus qui doit
ramener les jeunes ne doit pas être loin derrière.

Je regarde le camion de mamie descendre
lentement la colline glissante. Son quatre-quatre
est bien mieux pour les conditions routières
d'aujourd'hui que la fourgonnette de la vieille
dame. Mais ma grand-mère ne prend aucun risque.
Gabrielle me rend mon manteau et elle me dit :

— Assure-toi d'aller chez le médecin pour ton
bras aujourd'hui même.

— Je le ferai sans faute.

Merde. Je viens de me rendre compte de ce que
ça veut dire. Je devrai retourner en ville avec ma
grand-mère. Je prends mon sac à dos et je me traîne
les pieds dans la neige jusqu'à la route.

— Hé ! Marc !

Je me tourne vers Gabrielle.

Maintenant sans mon manteau, elle grelotte et se frotte les bras pour se tenir au chaud.

— Tu te rappelles que je t'ai dit que ma mère m'a forcée à déménager ici quand elle s'est remariée ?

— Ouais.

— Il m'a fallu beaucoup de temps pour m'habituer à l'idée que je vivais ici. Mais quand je l'ai fait, les choses se sont améliorées. Quand j'ai arrêté de résister, tout ça ne me semblait pas si mal. Et j'ai commencé à me faire des amis.

Je suis surpris.

— Ces jeunes-là sont tes amis ?

— Pas ceux-là, dit-elle. Tous ceux qui prennent le bus sont cinglés.

Elle sourit, et mon cœur fait un bond. Je lui souris à mon tour. Et je sais que j'ai au moins une amie ici.

Chapitre onze

Le lendemain, le temps est clair et ensoleillé. La neige a fondu. C'est presque comme si la tempête et l'accident ne s'étaient jamais produits, sauf que j'ai la preuve juste ici que c'est bel et bien arrivé. Mon bras est immobilisé dans un plâtre. Grand-maman m'a emmené à l'hôpital juste après être venue me chercher sur les lieux de l'accident. Gabrielle avait raison : j'ai une fracture et je devrai porter un plâtre pendant quelques semaines. Ce n'est pas grave, mais c'est embêtant. J'ai de la difficulté à écrire, et le plâtre gêne mes mouvements. Par exemple, je me suis frappé le bras contre la porte du bus en montant dedans pour me rendre à l'école. Ça a fait mal.

Le bus de ce matin sent le nettoyant industriel. Aucune trace de pouding séché au plafond. Il y a un nouveau conducteur. Il est grand et massif, comme un entraîneur de football ou un policier à la retraite, trié sur le volet pour ce bus d'enfants, je parie. Je lui demande :

— Est-ce qu'Ida est correcte ?

— Elle est toujours à l'hôpital, dit-il. Mais je suis sûr qu'elle va s'en sortir.

— Est-ce qu'elle va revenir ? Est-ce qu'elle va refaire notre route ?

— Disons juste qu'elle a besoin de se reposer de vous un peu.

Je ris en grognant un peu.

— Je comprends.

Je cherche Gabrielle dans le bus. Elle n'est pas assise à l'avant avec les plus jeunes. Je m'inquiète pendant un moment de ne pas la voir aujourd'hui. Aucune trace de Jérémie non plus. Je la repère finalement au milieu de l'autobus, sur le siège juste devant Kraft. Elle me fait un signe pour m'inviter à m'asseoir avec elle.

Mais la fille de la maternelle déguisée en princesse à l'avant m'intercepte avant que je puisse aller plus loin. Son costume est légèrement plus usé après l'« aventure » d'hier et elle porte son diadème un peu de travers.

— Je peux signer ton plâtre ? me demande-t-elle.

— Bien sûr, dis-je en tendant le bras.

— Pas maintenant, précise le conducteur. Assois-toi. Je dois vous emmener à l'école.

Les plus jeunes ne l'écoutent pas. Ils se précipitent vers moi pour signer mon plâtre, et le conducteur laisse tomber. Il reste garé là où il est pour l'instant, juste devant chez grand-maman. Plus loin, je vois Éric qui est debout aussi. Je l'ai à l'œil pendant que je soutiens mon plâtre pour que tout le monde puisse le signer. Si la Faucheuse vient vers moi, je suis sûr que ce n'est pas pour me donner son autographe.

Je m'avance vers Gabrielle, mais presque tous les enfants m'arrêtent pour signer mon plâtre. Je suppose que je suis officiellement devenu membre de cette triste petite communauté du bus scolaire.

En souriant, Gabrielle glisse sur son siège, et je la rejoins. Elle ne porte pas ses lunettes. Elle doit avoir des verres de contact. Et ses cheveux défaits tombent en cascade sur ses épaules. Elle ne semble pas du tout coincée aujourd'hui. Elle est plutôt sexy. Cette pensée me fait rougir, et je lui demande :

— Tu ne vas pas vomir, hein ?

Puis je grimace. Ce n'est pas sorti comme il faut.

— Pardon ? me demande-t-elle.

— Tu m'as dit que tu avais la nausée en autobus et que c'est pour ça que tu t'assois à l'avant.

— Je suis malade quand je lis. D'habitude, je lis pour me couper de tout ça, explique-t-elle avec un geste de la main vers le chaos autour de nous. Mais comme tu es ici, on peut parler à la place.

Je suis sur le point de m'asseoir quand Éric me donne une grande tape dans le dos.

— Hé ! dit-il.

— Hé ?

Son capuchon noir est rabattu bien bas sur son visage. Il porte du rouge à lèvres violet foncé aujourd'hui. C'est à peu près tout ce que je peux voir de lui.

— À propos d'hier, dit-il. Ma grand-mère a entendu parler de notre dispute par ta grand-mère. Elle pense que je devrais m'excuser.

Éric ne semble pas du même avis. J'ajoute :

— Oh ? Je crois que je devrais, moi aussi. Je n'aurais pas dû parler de ton père ou de tes goûts vestimentaires comme ça.

Il jette un coup d'œil aux enfants qui écoutent à côté de nous.

— Ouais… Bon, en tout cas…

Je dis à Éric :

— Je ne pensais pas te revoir dans le bus aujourd'hui. Ida devait te donner ton troisième avertissement.

— Je suppose qu'elle a oublié, avec la collision et tout le reste. Et je ne vais certainement pas le lui rappeler.

Il s'approche tellement que je vois parfaitement bien le bouton sur le côté de son nez.

— Tu ne vas rien dire, toi, hein ?

— Oh non !

Il plonge la main dans sa poche, et je crains le pire. Je suis sûr qu'il va sortir son briquet pour mettre le feu à mon plâtre. Mais à la place, il tient un marqueur rouge.

— Ça te va ? me demande-t-il.

Je réponds nerveusement :

— Je suppose.

S'il écrit quelque chose de méchant à propos de moi sur mon plâtre, je ne sais pas comment je vais le nettoyer. Les deux hommes des cavernes assis derrière lui me regardent, comme pour me prévenir que je ferais mieux d'obéir à Éric. Je lui tends donc mon bras, en m'attendant au pire.

Mais Éric commence à dessiner des flammes sur mon plâtre, comme celles qu'on verrait sortir du tuyau d'échappement d'une voiture de course.

— Hé ! c'est pas mal beau ! dis-je en admirant son œuvre.

Les gens nous surprennent parfois. Il hausse les épaules.

— J'aime dessiner, explique-t-il.

Il sort un cahier et il me montre son plus récent croquis : un dessin au crayon de l'accident d'hier. L'avant de la fourgonnette est tout tordu contre l'arrière du bus. Ida et la vieille dame sont assises sur le tronc d'arbre, et les enfants attendent dans la clairière. Et il y a Gabrielle et moi au milieu de tout ça, debout côte à côte, abrités sous un manteau. Je nous reconnais bien.

— C'est vraiment réussi, Éric. Peut-être que tu devrais dessiner au lieu de jouer avec ton briquet.

Ses lèvres violettes esquissent un sourire. Puis il lève la tête pour que je puisse voir ses yeux.

— Peut-être…

— Ou bien on pourrait faire les deux, propose un des hommes des cavernes. Tu dessines et, moi, je mets le feu à tes dessins.

Il arrache le croquis des mains d'Éric et il sort un briquet. Éric se lance par-dessus le siège pour le récupérer. Ils se chamaillent, et le chauffeur du bus leur crie d'arrêter. Comme ils n'obéissent pas, le chauffeur se rend vers eux pour confisquer le briquet.

Quand il passe dans l'allée, Kraft le mitraille avec du fromage en grains. Avant que le conducteur se retourne, fâché, Kraft se rassoit sur son siège avec un air innocent. Un autre enfant essaie de faire gicler du yogourt sur Kraft, mais il atteint plutôt le bras du chauffeur qui essuie sa manche en rugissant.

Je regarde Gabrielle. Elle lève un sourcil comme pour dire : « Incroyable, non ? » Puis elle tapote le siège à côté d'elle, et je m'assois juste à temps pour recevoir une éclaboussure de yogourt à l'arrière de la tête. Je l'essuie, puis je frotte ma main sur mon jean. Merveilleux. La légère odeur de rembourrage fondu flotte dans l'air. Éric ou les hommes des cavernes ont commencé à brûler les sièges tout neufs et à y faire des trous. Un jeune fait voler un drone dans le bus. La moitié des passagers hurlent, et le nouveau conducteur leur répond en criant. Le P'tit Cheddar lance du fromage en grains sur les filles au yogourt. Et puis, ouais : on voit réapparaître les pots de pouding. C'est le début d'un trajet comme un autre à bord d'un autobus scolaire sur une route rurale. Mais d'une certaine manière, tout cela ne semble pas si menaçant aujourd'hui. Aujourd'hui, l'autobus a des airs de fête.

Remerciements

Moi aussi, j'ai voyagé en autobus scolaire à la campagne. Et moi aussi, j'étais la fille bizarre. Les batailles de nourriture, les sièges en vinyle brûlés, les cris et les hurlements, les injures et les chauffeurs stressés… Je me souviens de tout ça. J'aimerais donc remercier les enfants qui ont bien voulu me parler de leur expérience en bus scolaire. Toute personne qui endure régulièrement ces longs trajets entre l'école et la maison mérite une médaille.

Je tiens également à remercier Lorraine Robbins, qui a rédigé un mémoire de maîtrise intitulé *Views From a School Bus Window: Stories of the Children Who Ride*. Ce projet, dans le cadre duquel elle a interviewé des conducteurs d'autobus en milieu rural en Alberta, a confirmé les expériences que m'ont racontées les jeunes, ainsi que celles que j'ai moi-même vécues il y a de nombreuses années.

L'autrice primée Gail Anderson-Dargatz a écrit plus d'une douzaine de livres, dont *Remède à la mort par la foudre* et *Une recette pour les abeilles*, qui ont été en finale, dans leur version originale anglaise, au prix Banque Scotia Giller. Elle est aussi l'autrice de nombreux romans courts pour les jeunes qui éprouvent des difficultés de lecture, notamment *Bigfoot Crossing*, *Iggy's World* et *The Ride Home* (version originale de *L'autobus infernal*) qui a été en nomination pour un BC and Yukon Book Prize. Gail vit dans la région de Shuswap, en Colombie-Britannique.